모자람을 아는 것들만 사랑하니까

KB193106

김정주 시집

몽당 사랑

서정꽃

세계적인 퇴근길에 부쳐

시인의 말

그 다락방으로 올라가 보았다

호수 뒤로 해가 지고,
낡은 벽에 온갖 그림자들 일어선다

이름 모를 책들,
주인 잃은 안락의자,
썩은 나무줄기처럼 싸늘히 식어버렸다

창은 덜거덕덜거덕 흔들리고,
책상 위 낡은 시집 한 권 펄럭거린다

두근거림에
책장을 넘길 때마다,
꿈은 기다림에 지친 탓에
먼지가 인다

뻘

역

두고 온 것은 오직 이곳에만 남아,
역에는 늘 향기가 진동한다

머물기 위해 돌아가는 것이다

삶은 잃어버린 것을 찾으려 할 때,
시들어버렸다

역에는 처음 보는 사람들이 지나가고,
그 길의 흔적은 아무 곳에도 없다

돌아가는 것이 좋을 것이라는
막연한 생각에 서서 마지막 숨을 들여 마시면

눈물이 멈추질 않는다

슬픈 사연

아가의 귀는
소라껍데기

귓바퀴를 맴도는
새빨간 거짓말

새

1
바람이 분다
날개를 접는다

풀이 눕는다
흙을 쥔다

2
수풀에 눈 감은 새는
제 몸이 안 보이나 보다
제 종족이 넌지 모르나 보다

어린애 숨바꼭질처럼
다 뵈는 곳에
새는 제 지닌 날개가
거추장스럽다
뾰족한 부리로 읊조리는 것이
슬픈 모양이다

새

-천상병論

추형이 그랬다
너가 그렇게 쓰면
건방진 거라고

삶이 詩가 되면
손 가는 대로 써도
詩가 된다고
그게 술값이라도 황송하다고

맞네
내 눈엔
한낮의 별빛이 안 보이네……

나비

그 장례식장 골방에서
고운 오색 빛 나비 떼가
아직 죽지 않은 지친 사람들 사이로
등불처럼 길을 내었다

엄마를 깨워 알려주었다
미로처럼 누운 몸들 가운데서
그녀는 잠꼬대한다며 무서워했다

나비들 인기척에 사라지고
내 몸 무거운 어둠 밝혀줄
큰 날개 찾아 두리번거리며
어린 난 침묵 속에 잠들었다

겨울바다에서

햇살 몰래 술렁이다가
날파람 모랫길 출렁이면
발등에 나동그라지는 물살,
나에게 닿으려는 것이 파도야

아무것도 몰라도 되는
밤 없이 난 견디지 못했어
책갈피 끼운 자리 펼쳐보며
부르르 물보라 흩어 냈어
바위틈에 웅크려 뒤척이다가
꼭꼭 껴입고 홀로 나서면,
거품들, 그 구역질의 흔적들
내몰며 지워가는 것이 파도야
새처럼 배처럼 떠밀리다가
깊은 밤 만난 모래사장 위로
하염없이 부딪쳐 오는 것이 파도야

간신히 추스린 입김,
발 동동, 짠 내, 뒤엉킨 머리칼,
삶을 쫓아오는 발자국들이
도무지 익숙해지질 않아서
한없이 메아리치는 것이 파도야

소나무비

낯설음은 늘 두렵다

소리 없이 내린 눈이
밤새 솜이불 덮어갈 때도
낡은 지붕, 십자가 아래에선
숨소리조차 들리지 않았다

축복의 시간 다 지나간 어느 1월의 아침,
은빛 환희가 까칠한 살갗에 흘러내린다
옹이진 마음서 터진 눈물인 양,
속 깊이 간직해온 생명의 신비가 비가 되어 내린다
왜 아름다움은 이다지도 천박할까
왜 아름다움은 부르튼 입술의 읊조림일까
하얀 밤의 공포를 품고 견딘 동상 걸린 네 손들이
더 이상 푸르를 수 없이 푸르르다
뭉뚝한 뼈마디는 새 길을 여는 신의 훈장이다

비웃지 마라
뜬눈으로 밤을 지샌 전사만이 비틀거릴 수 있다
끝끝내 상처를 머금은 사람만 순수할 수 있다

푸르름은 늘 아프다

눈멍

별일 아니라는 말이
별거 없는 내게
손 내민다

뺨에 닿으면
심호흡을 한다
심장이 숨 쉰다

알고 있다며
슬퍼 말라고,
하얗게 덮여 간다고

흐린 날,
하늘서 털어준 먼지들이
별것도 아닌 것들이
등불을 켜고 내려온다

아침의 색깔

새 그림자가
모조품처럼 퍼덕인다

구름 외투 입은
해는 창에 서린
그리움에 부옇다

눈 떠도
나른한 날이 오곤 했다

형광등에 눈 시린 날,
세월이 칠한 멍자국에
눈길 돌렸다

느린 하늘의 색과
싹이 돋지 않는 가지들과
외딴 바람의 덧칠

너에게 손을 뻗은
푸르른 날이었다

뻘

이제야 너를 걷는다
푸르름 지우고
잿더미 벌판을 걷는다
오늘을 조여오는 물에
몸부림치면서
혼자 울던 서랍 속에서
돌부리 같은 기억들
하나씩 꺼내 보이는
너의 용기를 걷는다
살며시 열린 민낯의 시간에
이제야 너의 숨소리
들린다

결식아동 후원서

아버지는 늘 평범하게
행복하게 살거라
당부하셨다

난임센터 건널목엔
헤엄치듯 눈 내리는데,
넌 중언부언 애를 썼다
사진엔 얼굴 모르는 웃음들이
막힌 곳에 뭉그러지는 아이들이
뺨에 낯설게 흐르는데

한 가지 소원만 되뇌이는
네 간절함이 기도인 것처럼
내 얼버무림도 기도인지 모른다
아니, 삶이 기도인 것처럼,
평범은 늘 극적劇的인 것처럼,
마스크에 갇혀 행복 찾아 헤매다
네가 내민 종이쪼가리가
응답처럼 손짓하던 날

하늘에 구름이 걷히자

땅에서 햇빛이 질주해왔다
벽 곳곳마다 심긴 눈싸라기들이
푸르게 돋아나
내게로 달려오고 있었다

저녁별

1
만지면 식어지는
저녁별같이
은은한 네온 십자가,
가까운 하늘 거닐고 있다

2
많은 사람이 지나쳐간 아직 활기 있는 거리엔 오직 나
만이 뒷걸음질치며, 훈기가 가시는 저녁 하늘을 바라
보고 있지만, 그냥 서 있기만 해도 덥기만 한 여름
저녁이라, 모두들 바쁜 일 없이 그렇게 서두르나 보다

나는 오늘도 뭍에 사는 동물의 날개를 가지고 싶어,
날다람쥐처럼 반짝 비행하는 재간이라도 가지고 싶
어, 이렇게 하늘도 재보면서, 풍선껌도 씹어보면서,
사람들의 모습도 구경하면서, 여러 가지 쓸모없는 짓
들을 바보처럼 하고 있는가 보다

3

어두워지면,
별 하나둘 불을 켜는데

이제 갈 마음을 먹고,
하늘을 한 번 더 둘러보고,
제깟 것이 뭔데 그리 멀까
나는 또 불평을 하고,
하지만 하는 수 없이
또 겸손히 용서를 구하고

바람만 만나는 저녁별이기에
다시 거리를 향해 멀어져가는 것이다

무화과에 기대어

이파리들이
데일 듯 일렁인다

무릎 꿇은 뿌리가
속울음 태우며,
티끌로부터 피어오른다

이룬 것도 드릴 것도 없다고,
제 다리 짓이기다
또 한 잎 나부낀다

잎맥 속 푸른 강물이
그 고동치는 잔잔함 속에
부끄러운 속내 익어가고

고이 안으로 피어나는
붉은 한 송이……

갈큇살로
달게 씨앗 품은 모습이
남들은 용기가 없다 하지만

얼굴 붉힐 줄 아는 네가
나는 참 좋다

소년에게

봄과 여름 사이
가을과 겨울 사이

징검다리처럼
구름이 흐른다

어릴 적 구슬 치며
파놓은 구덩이처럼
세월만은 아니라도
하늘은 멀고
바람은 옛 모습 그리며
빈터를 찾아 분다

너와 나
같은 하늘 아래
나란히 서 있지만

네 마음
저 구름처럼
닿을 수 없다

소나기

돌부리에 채여도
웃고 걷자

솔내음 진 벤치도
앉는 이에게 시원하다

이미 늦은 열차,
한차례 쏟아낸 마음,
역사驛舍에 쓰인 내일들

밤새 뒤척이고
흙과 꽃과 풀의 길,
바람 지나는 나의 길

돌부리에 걸려도
다잡고 가자

화석꽃

두꺼운 책 속에
노릇한 겉장을 펼치니
전에 눌러두었다가 잊고 지냈던
제비꽃의 향기가 밟힌다

너에게도
제비꽃의 가련한 풍채를
닮을 날이 올 것이다

웃음에 대하여

홀라당 말고,
어지간히 태워라
일단 망했다는 생각에 피식

혹시나 한술 뜨면 싱거움에
이런 것도 인생이냐? 허허…

에라! 대충 처박아 놨다
어느 날 무심코 한입 베어 물면
뜻밖의 고소함에 어라? 풉!

누룽지 같은 존재에 대하여…

기도회

바람도 콜록이는 밤,

피아노 건반 누르는
미운 누이의 손이
아름다워라

돋보기안경 쓰고
두 손 들고 기도하는
이모의 모습이 재밌어라

5월의 눈

풀과 그늘의 노래, 바람에 실려 오는 밤이면, 누런 잎 흙에 대고 귀 기울였습니다. 눅눅한 자리에 빗방울 젖어오면, 갈고리 같은 손으로 입술 틀어막고, 밤새 뒤척거렸습니다. 기약 없는 그리움 사무치는 날엔 달빛, 별빛 수런거리는 하늘 보며 기도했습니다. 오늘도 앙다문 입술로 햇살 구걸합니다. 누더기 꽃이랍니다. 날 때부터 앉은뱅이랍니다.

그러던 어느 날, 예배당 창문 밖으로 나는 보고야 말았습니다. 민들레 노란 꽃잎들이 밤마다 사정없이 긁히고 부딪치더니, 드디어는 하얗게 곪아 터져서 시원한 봄 햇살 이마에 받고, 흰 눈이 되어 퍼져 가는 걸요.

축복

늦은 밤 불 켜진 예배당에서
기쁜 노랫소리 들리네
칠흑 같은 밤에 드려지는 찬송은
거룩한 이에게 바치는 귀한 예물일세
하늘은 검지만은 않네
별은 밤에만 빛나지만
낮의 무엇보다도 아름다워라
밤을 넘어가는 이는 모두이나
밤을 기억하는 이는 하나도 없구려
살을 에이는 바람을 타고 따뜻한 노래가
어두움에서 별빛을 보는
사랑은 밤에 잠을 청하지 아니하네
까닭 없는 사연은 계속해서 흐르고
밤에 기도하는 이는 눈물을 흘리는구나
새벽은 안갯속에 잠들지만
시퍼렇게 멍든 마음 못 본 체하지 않네
오늘은 밤이 간직해온 사랑이리라
이 축복을 우리는 감사해야 하리

밤길

별을 보기 위해 옥상에 올랐습니다. 옛날에 한 소녀의 고백을 모른 체하며, 주변을 맴돌았던 적이 있습니다. 마음에 허영심만 가득했기 때문입니다.

세상을 왜 감옥처럼 사냐고, 별들은 속삭입니다. 내 손은 다소곳이 모이기 싫어합니다. 얼토당토않은 소원을 빌던 아이는 별안간 주름이 졌습니다. 그런데 아무도 쳐다보지 않는 밤에 나는 왜 혼자 이렇게 어색한 연기를 하고 있는 걸까요.

히브리 성경에서 눈을 떼고, 일없는 밤을 바라보는 것은 비로소 전부를 보는 일입니다. 빛이 있으라! 그 마음, 더 또렷이 보는 일입니다. 법조문에 울어야 할 의무 따위는 없지만, 원고지 한 칸 같은 독방에 갇힌 이 마음은 세상으로 흘러가야만 합니다. 이가 곧 밤을 지새는 까닭이요, 깊은 밤에 별이 뜨는 까닭입니다.

다행히 별들은 기다리는데 이골이 난 고집불통들입니다. 삶이 잠든 이 시간에 굳이 독백 같은 일대기를 전개합니다. 혼자 있는 밤은 진실합니다. 밤길 걷는 이의 마음에 별 하나 그려집니다. 나는 무릎을 꿇고, 예정에 없던 기도를 드립니다.

여름밤

창 안에 갇혀버린
반 평 남짓한 소우주

퀭한 화금 한 마리,
눈알만 데굴거리는데

끈적한 살을 대고
방바닥에 누워있다가,
쉼 없이 너털대는
낡은 선풍기 소리 귀에 거슬려
창틀에 턱을 괴고,
별들에게 욕설 퍼붓다 잠이 들면

그날 밤,
강도가 성자聖者를 낳는 꿈을 꾸고
웃는다

몽당 사랑

목련 아래서

손수 건네준
편지지에
새하얀 변명들을

주름진 입술로 읊어
때론 그 사랑마저, 초조히
담 밑에 흐트러져
그늘을 늘였다

벌써
꽃잎이 지는 나무,
그 아래 서면

한 소절
부르고 난 잎이
실한 봄하늘에
어색한 손인사를 건넨다

용두암에서

얼마 전까지만 해도
함께 걷던 이 길을
왜 지금은 홀로 걷고 있을까

달만큼 웃던 너는
억새처럼 푸르른 너는
하이얀 얼굴로 다가와
물보라로 흩어진 너는

너도 나처럼
여기 어디서 울고 있을까

그 여름, 객사

돌담 곁에서, 울고 있을 것 같았다. 비 오는 날도 있었다. 등 빛에 안겨, 울고 있는 것 같았다. 생각하면, 생각만 하면, 까만 밤 무너져내리고, 어지러이 날리다 별들 곤두박질쳤다. 너의 기다림은 그게 싫었다.

눈물은 잿더미 가슴 저미었다. 널 안을 수 없었다. 네 사랑은 너무 낭만적이었기 때문에… 용기 없는 내 사랑 억울하기만 했어도, 넌 그 비겁함마저 분위기 있다고 했다. 속으로 그 기다림을 사랑했지만… 이내 돌아가고 싶었다. 상상하면, 상상만 하면, 우두커니 서 있게 돼서 싫었다. 어쩔 줄 모르는 꼴이 날 바보로 만들었다.

네온 눈의 여자들처럼 까슬했다면, 되려 쉬웠을지 모른다. 날 보는 너의 눈은 이슬 맺힌 별 같았다. 나 같은 걸 기다린다는 게, 그게 익숙지가 않았다. 우선은 나에게 핑계를 댔는데… 잠시만 잊고, 다가서려 했는데… 그게 마지막 밤이었다.

미련

남고사 언덕길 도는 냇물 따라 오르면,
처진 눈꼬리 같은 마을이 있다
떠올릴 틈 없이 걷고 걸으면,
너의 속삭임 따위 산 소리에 묻힌다

귀뚜리 노랫소리 베갯목 넘어오면
이부자리에 게으름이 찾아와 곁에 눕고,
눈 시린 별들의 계곡을 바라보며
내 몸에 새긴 너의 온기를 세어 하나씩 지워간다

남고사 언덕길 올라 밤을 지새고 나면,
동틀 녘부터 추억들 밟고 다니는
미련한 사람을 만날 수 있다

인연

지금까지의 삶을
전부 들어올려야 한다

여행을 떠나면 결코 빼놓을 수 없었던
설렘으로 꾸렸던 짐짝들,
어깻죽지에 남겨진 오돌토돌한 이야기들,
만지작거리며 지낼 바엔 걸터 매지 말걸

차곡차곡 접어온 커튼 주름들,
다시 벌어진 창가에 서성거릴 수 있을까
붉게 흘리는 마음 그대로
망망한 너의 눈 속에 물들 수 있을까

기껏 반쯤 열린 눈동자에
알알이 들어와 박히는 기억의 파편들,
금이 간 너의 눈, 코, 입, 그리고
눈꺼풀 내리누르는 그날의 네 뒷모습

제 몸 긁는 나무처럼 부르트다가,
겨우내 말라붙은 피딱지 아물 수 있을까

눈 뜰 수 있을까

다시 태어날 수 있을까

사랑의 끝

말라버렸다
가지 없는 잎의
비틀거림처럼
가냘픈 떨림이 있다

내 너를 사랑하는 것만큼은
이 세상에는 없는 마음일 것이다

집으로 돌아가는 길목마다,
너의 여운이
사랑의 여정만큼이나 길고 긴 강물이 되어
도도히 흐르고,
비로소 나는 빛나는 물결 위에
나의 분신을 흘려보낸다

어미 없는 생명의 첨벙거림……

그 길을 되돌아가는
나의 눈물은
꽃 피울 수 없어
잠기어 가는

사랑이다

드라이 플라워

사명보다 속되어
고개 숙인 사람아
한 모금 타는 후회로
지지 못한 사랑이여,
기다림의 벼랑 끝에
생각으로 매달린
바람이 짓는 미소여

푸른 강은 울고 웃는다

고백은 흘러갔는데
출렁이는 마음은 그대로다

저어기 저 둔덕에서
자글자글 웃다가 돌아서는데

내가 죽어도
푸른 강은 그대로 푸르겠지

내가 살아도
저문 사랑은 섧게만 흐르겠지

저어기 저 수풀에서
사락사락 맴돌다 멀어지는데

빛과 어둠이 여울치는 저 강이
영영 푸르고 또 푸르다

하구에서

그만 평안하여라
밤은 깊어만 가는데

나는 그리움을 심어
겨우 한 줌 추억을 움켜쥐었을 뿐,
강물이 빈자리를 채우는 소리, 더는 견뎌낼 수 없다

만남은 왜 그리 힘들더냐, 힘이 들더냐
무심코 내디딘 한 걸음에도 흔적을 남기는
그러나,
너는 아픈 사람

너와 나 사이도 이미 그렇지만,
우리는 서로에게 더디 오는 것

그만 평안하여라
우리
그 강가에 도도히 흐르는 물처럼

낙엽수를 위하여

다시 헤어질 시간이다

가로수들은
띄엄띄엄 늘어서 있고
돌길 위에선
잎사귀들이 햇빛에 춤을 추고 있다

나무는 간구함으로 자란다

뼈마디 어긋나는 소리
들으며,
자꾸만 서로에게 팔을 뻗다가
붉게 세어버렸다

드디어는
서운한 맘도 모두 털어버리고

돌아서는 길목에
남은 잎들 흔들며
글썽이는
내가 키운 나무 한 그루여,

잘 있고……

잘 자라거라……

대둔산에서

-언덕들

골짝마다
물드는 메아리,
너도 들리니?

소매로 소름 감추고,
곤두박질칠까 안으로 걸었어
등 뒤서 오는 버릇 고쳤니?
왜 순수뿐인 고백은
지독하게 바스락거리는 것일까
네 탓이란 건 아냐
갸웃거리는 붉디붉은 뺨이
등줄기에 오싹 사무쳤을 뿐

무릎 시리게 왔지만,
사랑살이도 이별살이도
기어이 살아지더라
그래, 인자사
부시도록 그리운 널 돌아본다
미안하단 말은 여기 두고,
어느새 높고 깊어진 넌
저어기 그대로 두기로 한다

너와 난 섭게 빛나는 신비 속에
살아가니깐, 살아가려면
뉘게나 가보지 못한 곳 필요하니깐

몽당 사랑

애매한 것들은 애매한 것들끼리
아귀가 맞는다
요는 살다가, 아니 살기 때문에
댕강 새끼손가락만큼만 남은 날,
실속 없이 줏대만 남은 몸통이
지도 급한 것이 여유로운 척,
내하고 니하고를
슬그머니 갔다 대보는 것이다
제자리 찾지 못해 굴러다니다가
통성명도 민망한 것들끼리
바람결에 서로 기대보는 것이다
사랑을 하면 어쨌든 꽃은 피니깐,
모자람을 아는 것들만 사랑하니깐,
닳고 닳을 때까지 기다리고서야
가까스로 한번 껴안아보는 것이다

모를 일

바람이 차가도 단풍이 지면,
발걸음 머물지 모를 일

밤마다 천장에 그리 그리면,
지쳐서 잠들지 모를 일

여태껏 무심한 너의 얼굴이
오늘은 반길지 모를 일

내일도 모레도 지긋이 보면,
눈여겨보게 될지 모를 일

겨울밤

 사랑하는 이여, 베들레헴이란 다윗의 동네에 두루
비추던 별처럼
 아름다운 만남을 주시기를 기도하고 있다

귀띔

무뚝뚝한 가지에
찬바람에 숨긴
훈내 소곤소곤

그런 널 사랑한다고
귓불 간질간질
싹 돋을 듯이

강아지풀

푸르거나
갈빛으로
아리송하게

귀찮게
눈앞에서
살랑거려서

밤마다
마음이
간질간질

코스모스

아니런가?
울꽃 피었다

내일이란
시름의 흙 위에

하늘하늘
멈칫멈칫
셈해보다가

눈빛으로만,
멋대로 생각하게
눈빛으로만,

사랑이런가?
가늠꽃 피었다

소원

-각시돌

고백하기 전에
반쯤 돌아선 모습
한껏 세워보는 콧날
아슬아슬 깜짝이는 외눈도
곁눈질 말고 바로 보아줬으면

사랑하기 전에
벌써 토라진 얼굴
볼에 부풀어 오르는 바람들
낼 밤, 아니 낼 밤에라도
그 말간 입술로 콩딱 말해줬으면

샛길

별안간 맥박들이
갈 바를 모른다지?
어쩔 줄 모르는 게
삶의 묘미 아니겠어?
말 못하게 숨 막혀도
잰걸음은 금물이지
낡은 골목마다
이야기들 모이고,
수줍은 소녀의 마음은
외등을 켜야 보이니까

가을 나무, 정류장

뒷모습 때문이었다
한 잎 떨어뜨리고 돌아선
너인 듯 시드는 나무들,
단조롭던 긴긴 눈맞춤 너머
헤어지는 여린 순간,
널 사랑하게 되었다
돌고 도는 분주한 삶일 뿐인데
잎마다 색색 물드는 그리움,
목적지는 정해져 있는데
도란거리는 너의 뒷모습,
미친 듯이 흔들리는 가지들처럼
사랑은 두꺼운 초록 분칠 벗겨 내고,
너의 흔들림은 나를 흔들고
나의 흔들림이 다시 너를 흔들고,
벌거벗은 나무들처럼,
떨며 서로 부둥켜안는 나무들처럼,
같이 시들어가고 싶다
계절은 수선스레 돌고 도는데
내 뒤켠에 가득 쌓인 참 더미들,
너에게 보여주고 싶다

동심원

눅눅한 날에
볕 들더니
너가 만발하였다

살곰살곰
어울리는 물살,
흙탕물 묻힌 하루에
송이송이 퍼져가는
마음의 동그라미

시네마 천국

-욱영에게1

넌 구닥다리는 싫다고 했지만,
그것들은 단지 꿈꾸고 있는 것뿐이다

어젯밤 너와 헤어진 뒤
옛 사진들을 만지작거리다,
혼자 찍은 몇 장을 보고는 웃고 말았다
내 추억의 잡동사니 상자에는 이런 것도 있었다
한 영화를 일곱 번씩 보면서 좋아하는 너는
실은 나와 같이 꿈꾸는 사람이다
넌 내게 기억력이 무척 좋은 사람이라고 했지만,
난 그저 흘러간 노래들을
아직도 부르고 다니는 것뿐이다

그래서, 자꾸 손 편지를 써달라고 조르는 너에게
오늘은 일부러 예쁜 편지지를 골라,
십몇 년 만에 연필로 편지를 쓴다
이 글들은 손끝으로 문질러도 번지겠지만,
네 마음에서 지워지지 않는
너만의 추억 모음집일 뿐이다

그래서, 나는 너를 좋아한다

알프레도 같은 여자,

만날 때마다 백 장씩 사진 찍는 여자,

이름도 생각 안 나는 내가 사준 꽃에

매일 물을 주는 여자, 부활 같은 여자,

내 잠든 잡동사니 상자에 숨결을 불어넣어 주는

구닥다리 같은 시골 여자

가을에

-욱영에게2

슬픈 활엽수의 계절이 왔다

구겨진 거울 같은 바람을
헤집고 걷는 길은
낯설고 당혹스럽다
걷다 보면 잠뿍 여민 껍질들만큼이나
혼자 오래 묵은 낙엽들이 발목을 간지럽힌다
수다쟁이였던 너도 그 자취를 따라가면 그뿐,
각색 낙엽 더미 같은 네 모습이
첫사랑보다 더 두근거린다

사람 사는 모양들이야
다 똑같은 줄 알면서도
앙상함이 서툰 젊은 날엔
멀찍이 서 있는 나무들처럼,
뒷짐 지고 앉아 손을 흔들었지
잊을만하면 바람은
나이테 한 뼘 솔솔 후벼 파놓고 떠났지만,
척 해봐야 소용없는 늦가을 오기 전에
우린 여전히 서로 어깨를 기대고 속삭일 거야

사랑하는 이여, 내겐 아직 그 첫사랑의 골목처럼
다시 걷기 민망한 길이 남아있다
그 길 위에 향기로운 동빛 이파리들을 뿌리고 나서야
나는 이 길을 걸었던 이유를 조금 알 것 같다

가을에…

널 만난 것을 하나님께 감사드린다

항구에게

미지로부터 닻 올린
주름진 파도가 머문 곳,
바위들의 고향,
너의 손 잡으면
겨우 서로에게 다다랐다는
안도감에 눈 감는다
석양도 자궁 속에 몸담는다
어둠이 짙을수록
고동 소리 귀 기울여
따뜻함 더듬어간다
탄생은 미지의 몸부림,
만나고픈 먼 여정임을 알기에
이제 두려움의 돛 접어두고,
여기 발 딛고 서 있는 바위들
틈바구니에서

기다리며,
살며,
사랑하련다

서정꽃

사랑의 교회

조그만 화단엔 고양이를 키우죠
새끼가 예배당 십자가 밑에 숨어들었어요

팔뚝을 할퀴네요, 살려주려는 건데

현수막 걸 땐, 압정이 필요합니다
제 몸도 펄럭거리거든요

숨 막힐 땐, 잠깐 환기해주세요
심술보가 꽉 차면, 터질지도 몰라요

기대와 이별하면, 눈물 나게 고민하죠
배달시킬지, 김밥천국까지 걸어갈지

천국은 멀지 않거든요, 15분은 걸려요

주보는 늘 잔뜩 쌓이지만,
그래도 주일이면 즐겁습니다

뾰족한 십자가 밑둥이라도
기대면 그나마 걸 수 있거든요

제 딴엔 살아보려고 발버둥치고들 계시겠지만,
잔주름 부쩍 늘은 그네들 눈가에 헤픈 웃음은 없거든요

웃음보는 제발 터져도 되는 거거든요

새벽기도 운행

가로등 불빛은
느리거나 평안했다
지나온 길 살피듯 눈 감은

장롱 면허 우 집사님,
아들은 쌍문동에 산다
낼모레 9학년 구 권사님은
걸음이 가쁘시다

절반이 침묵인 삶,
들키기 싫어 고뤠도 상향등 켜고
늘 앞지르고픈 과속 차량들

양보할 만큼 양보한
등받이에 기댄 야윈 사랑들은
더듬더듬 새벽 찾아 나선다

어둠은 빛의 어머니

5월

굴렁쇠를 쫓는 아이마저
내 눈엔 기적이다
잔디 언덕에 구르는
빛나는 은테를 잡으려는
아이의 참한 간섭이다

바람은 고백처럼
옹알거리는 잎사귀들을 품고,
상심한 무릎에 입 맞추는
어머니 엉킨 주름에
한 매듭 빛이 고인다

사랑에 겨웁던 굴렁쇠는
누그러진 은빛으로
덩그라니 남겨졌다

아버지와 가곡

가을은
연장음 페달1)의 진원震源,

아버지는 손수 끓이신 커피 한 잔 들고,
커튼 뒤편에 그림자를 세우셨다

친구라면, 8분의 6박자 단조에 실려
수선한 마음 노크하는 바람

늘 부는 바람에
배란다 주홍등 흔들리는데,

먼 은퇴도 아랑곳없이
컵받침에 쏟은 쓴 물도 태연하게

굽이진 이마 주름처럼
난해한 곡조도 쉬운 듯이

아버지는 마디를 두고
휘파람 부는 심사心事,

줄타기하는 어릿광대의 4분음표는
꼭 검은 건반을 눌러야 한다

추억 한 모금에 한숨 돌리고,
끊어진 오선지 위에 분주한 손길

안단테의 가곡,
은실에 감기면 `

아버지는 사랑한 탓에
낙엽을 떨어뜨리신다

1) 서스테인 페달(sustain pedal),
밟으면 피아노의 음이 끊기지 않도록 연장해준다.

아파트

아빠 손잡고 한 칸씩
오르고 내린 계단
골목길 같은 13평 아파트
아궁이 떼면 가로등처럼
아랫목에 피던 귤색 아지랑이

오백 원 내고
목말 타고 보았던
시민회관 만화영화

동 서 남 북
상 하 좌 우
아 빠 들

세계에서 가장 무거운
15kg 들쳐 메고
옴싹달싹 못하던
아빠 등

눈 가리고 아등바등
열나게 뛰던 단벌 구두

힘줄 푸르른 아빠 손
감싸주던 군고구마 길
밤마다 술래인 아빠의
숨바꼭질 즐겁던 아파트

1동 103호
44동 102호
10동 304호

아빠의 계절 모르고
내 꿈만 좇아 살다가
문득 가만히 보니
웃고 있어도 지치신 얼굴
떡국, 팥죽, 감자탕
덥혀놓고 기다리는 아파트

오늘도
사랑 타고
꿈 얻어먹으러 다니는

아빠의 아파트

설편雪片

묵묵히 눈 오는 밤의 변두리,
가로등 밑에
눈장난 하는 아이들이 모여 있다

천덕꾸러기들 외투에는
눈꽃들이 더덕더덕 피어 있다

그 시절의 눈은
능숙하게 떨어지곤 했다

생소한 여닫이창 두드리는
바람에 포위된 셋방,
하얗게 영근 눈꽃들 저물어가는
노오란 전구 밑 담벽 옆에서
들숨과 날숨 밤새 길어내도
삶 한 모금 축일 수 없었다
어머니께서 마른 미소로
칭칭 감아놓은 내 열 손가락에는
벌건 풋눈송이들이 머뭇머뭇 익어가고 있었다

내 몸은 아직도

그 겨울의 분위기를 닮아있다

여기서 아이들도 배우는 중이다
실은 서툰 연기를 하며 속절없이 내리는
눈꽃들의 움직임을 쫓고 있는 것이다

눈은 한데 뭉쳤다가, 뿔뿔이 흩어졌다가, 다시 잠잠
해지고……

울보들의 순례는
위로의 촛대처럼 서 있는 가로등 불빛을
머금고 이어지고 있다

가을의 습작

도레도레도,
서른 번 치라는
선생님이 싫었다
토라진 유년의 마디들은
귀 기울일 새 없이 흘러간다

어머니는 멜로디 널어놓은 듯한
어린이 소곡집을 좋아하셨다
뭉툭한 손가락으로
시시한 음표들 이어보고 싶어
건방진 여덟 살짜리에게 부탁했지만,
건반과 악보를 오가는 불안한 눈길에
난 왜 화를 냈던 것일까

'글 써서 먹고살기 힘들어'
주름진 나무 판에
내 옷 구기며 말씀하시던,
어머니는 붓펜으로 손수 쓰신 내 시를
액자에 가지런히 개어 내게 선물하셨다
느릿한 모든 것들이
날 골탕먹이려는 수작으로 보였던,

그 꼬마는 어느샌가
눈 감고 듣는 것을 사랑하게 되었다

이제 해마다 가을 오면
미안한 맘으로 낙엽을 밟고
철든 계절의 소리, 듣고 싶다
콧노래 없인 고달픈 오늘,
그 맑고 단조로운 선율에
귀 기울이고 싶다
오래 닦아도 미숙한
내 시구詩句에 귀 기울이시듯
나도 어머니 빨래 소리에
귀 기울이고 싶다

단비에게

단비야, 이제 오니?

하늘소 꼬임에 자전거 잃어버리고,
그놈 소가 야속하다며 통곡하던 날,

짝사랑 남자애가 지 짝꿍한테 고백한 날,
아껴둔 치즈케잌 아빠가 포식한 날,

읽어보라고, 시 한 편 남긴다
엄마도 아빠가 웃겼으니깐

"아무것도 모르면서!", "이것도 못 해줘?"
엄마한테 무심코 던진 말, 후회로 조여올 때,

아무짝에도 쓸모없는 사랑,
내가 버린 거라며 매몰차게 찢어발길 때,

몸 하나 둘 곳 없어, 신세타령 한 곡조에
낙엽처럼 텅 빈 하늘 뒹굴 때,

단비야, 큰 소리로 자신 있게 떨어져라!

너도 네 엄마처럼 예쁜 척할 때 제일 예쁘니간

인생은 6타수 무안타 같은 날들이지만,
네가 안긴 날에는 하늘 문이 열렸단다

우리가 기억할 건 그뿐이란다

단비야, 어디 가니?

하늘로 가는 길

애월엔
하늘로 가는 길이 있다

세계 일주 꿈꾸는
그녀의 삶에 탑승했다
냉장고에 마그네틱 모아,
마일리지 쌓던 그녀
실수라 여길지 몰라
자석처럼 찐득한 추억들이
국산으로 바뀌었으니깐

아내랑 단비랑
미소만 주섬주섬 챙겨서,
저 호수같이 푸른
길 끝 향해 달릴 때,
나는 렌트카가 날고 있다고 느꼈다

하늘로 가는 길이 있다
마일리지 없이

길

길은 멍하니 버드나무 잎의 향기에 취해있다 그러
다 누군가의 뒷모습이 보이면 눈먼 발걸음들을 위
해 왁스 냄새 풍기는 구두 둘레로 숱한 모래알을 주
워 모은다

멀리서 보면 길은 마치 공룡이라도 지나간 것처럼
커다란 똬리를 틀면서 발냄새를 풍기고 있다 곧 멋
모르고 지나간 사람들이 그 체취를 찾아 돌아올 거
라고 말하면서

무늬

그리하여 저 구릉에 웃상을 한 상괭이 한 마리, 굽이 굽이 돌아가고 있었다.

함박눈처럼 쌓인 우린 달토끼 떡방아 찧는다며 자지러졌다. 즐거운 오해들은 안경 닦이처럼 잃어버렸다. 사랑을 하려면 더 어려운 말을 지어내야만 했다. 토끼 없는 달처럼 적적한 별들이 몇 광년 떨어진 낯선 이야기들이 가물가물 솟아오르던 밤, 바람맞은 낙엽들이 안부를 물었다. 내일은 추억할 수 없다고, 심드렁한 입꼬리들이 바스락바스락 혼잣말할 때서야 난 돌아보았다.

저어기 망망대해에 상괭이 발그레한 뺨이 솟구쳐올랐다. 다듬어지지 않은 곳에 향기가 쌓인다고, 서로 정겹게 농담을 던지며, 떼 지어 돌아가고 있었다. 영영 까칠한 수면 위에서, 수억 개의 고백들이, 수억 개의 무늬들이 함박 웃으며, 책갈피처럼 반짝이고 있었다.

시골

갑작스러운 낙향이었다
여긴 보도블록 틈에 끼어 살던
제비꽃들만 대가족이다
학생들은 외지서 실어오고,
내 키만 한 솔나무들이
시詩를 짓는다
민들레네 쑥부쟁이네 하는 동안,
산소까지 금방이다
샛길 옆 차광막 하우스는 닭장인데,
명절마다 몇 마리 잡을 요량이시다
대치동 출생 나에게 느닷없이
닭 잡수러 내려올 시골이 생겼다
마음에 더부살이하시던 아버지는
사람보다 대추나무 더 많은
시시한 고을서,
삶을 탈고하고 계신다
양철지붕 옆 감나무 가지엔
꽃자리들이
이제 막 숨이 트이고 있었다

백운대白雲臺

선찮은 세상살이
응어리진 맘 싸들고,
숨통 트이는 바람에
온몸 적셔도 좋다

흰 바위에서 쉬어가라
외로움과 괴로움과 애처로움에
닳아가던 삶이라서
마음에 품은 것이
뭉게지도록
그곳에 닿아있다면,
속 깊이 머금은 망울들,
한 움큼 띄워 보내야 하는 것

살금이도 뚜벅이도 성큼이도
먼저 가는 이, 뒤늦은 이도
후련히 숨 쉬고 싶다면,

마음에 움튼다면,
구름꽃 핀다면

드문 오후

-문발리 헌책방 골목

예서 한때를 홀짝임은
마당 없는 신세라
강쥐 마냥 기울여오는
버들에게 곁을 내주고,
문득 떠오른 너가
예사롭지 않음을 생각하며,
창, 구름, 잎사귀
그림자놀이 한 모금에
눈 감으면은, 실눈 떠보면은
우연히 하늘 테이블보에
널 닮은 아가씨 앉아있기로
이름도 모르는 처지라
카톡 한 번도 없이
새들의 그저 지저귐이
그녀의 속삭임이라고,
노트에 끄적여놓고는

미소 퐁당 하더니
지 혼자 동골동골 번져가는 건,
첨엔 데면데면해도
알탕갈탕 알아보려 맘먹는 건,
아가씨 앉아있기로, 널 닮은

아내는 노을

철 지난 파라솔 위에서
홀쭉한 노래 부르네
맞지 않는 뚜껑들
끼워보다가
꽃피우기 그르친 화초들
쓰다듬다가
억센 내 품에 스며오는
저물며 빛나는 사람아,
제 속 태워 물드는 사람아,
슬퍼하지 말자
안겨 오는 그대는
안아주는 이보다 따뜻하다
연연한 저 새들도
텅 빈 가슴으로 떠 있다
늘 사랑 찾아 야위어가는
너는 내 마지막 그리움,
하루하루 꽃피우는
보랏빛 그늘녘 바라보며
거센 파도 위에 바람 펴고 앉은
나는 행복한 갈매기

감나무 사진관

신용산역 1번 출구
아름드리나무 같은 벽돌집에
딱 둘이 기대기 좋은 그늘에 차 대놓고
날름 안으로 들어가면
가을 냄시 뜨뜻한 벽난로마다
먹다 남긴 추억들이 주홍주홍 걸려있다
홍시같이 볼 탱글한 그 집 여주인은
항상 자기가 알아서 에누리해주는데
자꾸 이유가 달라서 모른 척 웃고 마는
아내와 난 호빵처럼 부풀었다
감잎 마냥 으흥 으흐흐흥
날 간지럽히는 행복들이
함부로 따지 않은 달콤한 미소들이
벽돌집 하늘에 뭉실뭉실 피어 있다

로빈슨 크루소의 편지

동경 받는 것은
사랑하느니만 못하다

세계적인 명소와 아름다운 자연,
레스토랑에서 맵시 있게 스테이크를 자르는
액정을 밀어 올리는 손끝은 차갑다

신비로운
아름다울수록 외로워지는
짜릿한 전류가 흐르는

혼자서도 나를 찍을 수 있는
화소의 섬의 28년은 행복했니?

'이걸로 나 많이 찍어줘?'
늘 전화보다 카톡을 하는 내게
아내는 어제 신형 스마트폰을 선물했다

빨리 집에 가서
보정 없는 그대로의
너의 얼굴, 너의 목소리, 너의 온기

내 삶에 찍고 싶다

프라이데이,
완벽하지 않아도
세계적인 이슈는 아니라도
따뜻함은 너에게 있다

서정꽃

반년 양동이질 하시다
이발쟁이 따귀를 참지 못하셨다
아버진 꽃나무를 좋아하신다

독하게 살아야 어른이라지만,
가끔 널 못 잊어 우스워지고 싶다

실바람에 흔들리는 꽃처럼
여린 음들 흥얼거리는 널
저만치 혼자 두었을 뿐인데,
넌 혼밥을 했다며 토라졌다

이른 아침 정류장에서
부랴부랴 주머니 뒤적거리다
잔돈 수거함에 손 내밀면,
어제 들은 네 잔소리
딸그랑 떨어진다
만일 네가 없으면,
다달이 갚으려면 30년 걸리는
대출 낀 20평 아파트 아니라
내 삶에 정情 갚느라 외롭겠다

매일 햇빛 찾아 부대끼는
보라색 수국을 좋아하는 건,
네가 다정한 사람이라서다
산에 들에 꽃이 피듯,
꽃분에 뿌리내린 너도
어디든 힘차게 꽃 피운 것뿐이다

늘 챙기지 못해 미안하다

세계적인 퇴근길에 부쳐

산책

자연과 산다는 건
낙오된다는 것

잎의 시간은
열망보다 느려

내 catharsis는
개발되었다

달빛 없는
green light

밤낮 두근거리는
내일은 희망으로 열린 길

차마 고백 못 하고
some에 취한 가로수의 길

네게 남은 건
내 자투리 마음뿐

가나는 너무 멀다

Ultra HD 브라운관 너머
아크라[2] 걸레 산을
소가 능청스럽게 뜯어먹는 세상,
잡초처럼 버려진 나날들,
패션화된 뉴스는 신상처럼
한 번 입고 찍혀나간다
맵시 있게 쯧쯧 혀를 차주면
은근히 차오르는 보람

10년이면 강산도 변한다는데
적선이라도 하듯
궁지만 심어온 내게
기다리는 별난 취미는 없다
거울 앞 들뜬 서랍장엔
우후죽순 뻗친 옷가지들,
가지치기 좀 하라는 아내의 잔소리는
가나보다 가깝다

2) 가나의 수도.

큰 하늘

버들잎 쓰다듬는 햇살,
눈꼴시게 보다가
다리 위 코스모스
헬리콥터처럼 날리면,
물살에 닿을 수 있었지
아직도 그 속삭임
바짝 오그린 몸으로
귀 기울이면 들린다
가만가만 저 냇둑 아래
올챙이들 재잘대는 소리,
추억으로라도 남고 싶어
손바닥만 한 말잠자리,
강아지풀 끝에 대롱거린다
은개울 고백들
귓가에 찰랑거린다
모래톱 위에 누워
하늘에 손 담그고
하늘 간지럼 태우던
그 시내, 그 아이
담에는 본 적 없는
큰 하늘

텃새

비 온 뒤 참새 한 마리가 동네 목욕탕 간판에 앉아 갈색 깃털을 뒤척이면 괜히 내 옆구리도 근질거린다. 아이들은 엄마 손잡고 허위허위 뛰다가, 저보다 더 꼬마인 게 머리를 요리조리 흔드는 모양이 즐거워 연신 웃음보가 터진다.

정다운 이웃사촌 참새는 전깃줄을 점령해 일렬로 쭉 늘어서서 세월 가는 줄 모르고 종알종알 말 많았지만, 좁쌀 한 톨 나눠주지 않는 사람들 등쌀에 요새 우리 동네 참새는 벼르던 장난감 못 사 시무룩한 조카 녀석처럼 잘도 놀리던 입방아를 찧을 줄도 모르고, 하늘만 골똘히 바라보는 폼이 꼭 맞지 않는 학사모를 눌러쓴 샌님 같다.

함께 뛰노는 아이들이 발랄하듯, 혼자 혹은 몇몇이 띄엄띄엄 앉아 있는 참새들은 유명인사 장례식에 참석한 빈객 같다. 마땅히 볼륨을 낮춰야 할 시끄러움이었지만, 갑자기 고개를 숙인 채 품위마저 갖춘 조그만 대가리들이 왠지 탐탁지가 않다.

신종 알레르기

땅에 착륙하자마자 귤색 작업복을 입은
환경미화원 아저씨의 부지런한 비질에 쓸려간다
아저씨 까무잡잡한 손등을
살짝 꽃잎이 다가와 어루만진다

정류장 부스 속에 꼭 숨어있는
샐러리맨의 뿔테 안경에도
분홍잎 한 장이 앉았다
황급히 안경을 벗어
담뱃재인 양 떨어버리는
무스향 가득한 이에게
꽃잎은 뭔 볼일일까?

전광판만 쳐다보는 사람들에게
꽃잎은 거울에 비친 풍경이다
인터넷 신문을 읽는 아저씨,
미간의 주름 힐끗 보곤
한 잎이 아슬아슬 스쳐간다
블링한 셀폰에 매달린 아가씨,
긴 빨강 머리에 달라붙은 잎은
낡은 액세서리 같다

새벽부터 하얀 마스크로 미소 지우고,
시간만 신경 쓰는 사람들은
신종 알레르기 환자들이다
그러니, 꽃잎은 유령이 되어 하늘하늘
그늘진 곳을 찾아 떨어질 밖에 없다

빌딩 그림자에 눌린
버스정류장 보도블록,
사람들의 편리대로 만든
벚나무들의 보금자리에는
낯선 친구들을 부르다가
무안한 마음에 꼭꼭 숨어버린
잘 깎인 대리석처럼 잿빛으로 굳어가는
뚱한 눈빛의 꽃잎들이 쌓여 있다

구름의 정체

좀체 보기 힘든 친구래요
아이돌처럼 세련됐대요
아이보리 패션 마스크 차면
순정만화 주인공이 되는 앱처럼
얼굴의 이야기들 지울 수 있어요
미간 찌푸리는 말들은
상층운 저 높이
무중력 먹지에 써주세요
무거워져야만 해요
축복의 땅에 입 맞추기까지
더 촉촉해져야 해요
따뜻한 남쪽 나라에서
어찌 예까지 찾아왔는지
묻지 말아요, 따지지 말아요
톡톡 튀는 물방울 인생처럼
정답게 부둥켜안으면
가슴이 부풀어 오를 거예요

자! 이제 아이폰 들고 찍어보세요!
마침내 만난 기적의 실화들을,
신비한 저 신기루들을,

주름 한 줄 없는

우리들만의 이야기들을

분홍비

-4월에

왈칵 쏟아졌다

어려운 말로 위로하지도
애써 만나러 가지도 않았다

빗방울에 꽃잎이 지는데,
바람이 험해 하늘만 쳐다보는데,
젖은 상혼들이 내 손목 붙들고
무슨 말 하고 싶어 하는데

한 잎 붙잡을 새 없이
우수수 널린 그 자리에
투명한 너울처럼
청춘의 흔적만 남아
너의 웃음소리,
귓가에 들려오는 듯하다

나는 아직도
거기에
우두커니 서 있다

고질라 트위스트
-거대 괴수의 시체

사람들이
입으로 들어가
뒤로 나온다

식욕 부글거리는
추모의 밤
심은 대로 거두리라
웰빙이 선포되고
순례길 깊어가면
늘어진 뱃살
유지하기 위해선
너의 죽음이 필요하다
서서히 꿈틀대는
축제의 장

누군가 입구에서
잠든 괴수의
애교살을 보았다 한다

베다니3) 콤플렉스

벽돌담 미로의 마리아,

칠흑 걸터앉은 예루살렘,

언덕을 향해 걸어갑니다

눈물 없는 믿음이어야 하기에

사람들은 기적의 설렘 담긴

견고한 성을 쌓아갑니다

핏덩어리가 펄떡거립니다

삐져나오려는 삶의 몸부림들을

믿음 갑옷은 필사적으로 움켜쥐고,

뜨거운 숨결 조여갑니다

묵힌 벽돌 향이 코를 찌릅니다

앙상한 내 가슴 벙어리가 되었습니다

그녀는 무덤에 귀 기울입니다

아려오는 심장의 예언 따라

긴 머리카락이 춤을 춥니다

나는 벽돌을 슬그머니 주머니에 넣습니다

예수가 내 성벽을 긁습니다

난처하게도 나를 빤히 쳐다보며,

담벼락 너머로 사라져갑니다

3) 예루살렘 근처의 마을. 나사로의 누이 마리아가 예수께 향유를 부었던 장소.

한낮의 가옥

4층에서 내려다보는 주택은 감칠맛 나는 예술품이
다. 다소곳이 앉아 누군가 기다리는 자태를 감상하
며, 잘못 만지면 탈 나는 고양이와의 신경전 따위
를 떠올린다.

지붕 밑 마당까지 훤히 보이는 집은 손바닥으로 가
릴 수 있다. 인적 뜸한 숲길 같은 그 집은 내가 늘 꿈
꾸어 오던 집이다. 집게손가락으로 아기자기한 구
성품들을 톡톡 건드리다 보면, 집안 구석구석 내 체
취가 잔뜩 배인다. 그렇게 그 집에 깃든 추억들을 훑
고 나면, 안경알 속에서 살랑거리는 그 집이 바로 어
제 떠나온 정든 우리 집처럼 보이는 것이다.

그런데, 그 집은 좀처럼 소란스럽질 않다. 흔들리는
풀들이나, 초인종 소리나, 주인을 반기는 얼룩 개의
과장된 몸짓이나, 억지스레 귀를 세우고 들어야 하
는 피곤한 팬터마임 극이다. 이런 엿보기는 짐짓 자
존심이 상한다. 어느새 내 발자국 하나 없는 그 집으
로 이름 없는 엽서 한 장을 보내, 귀여운 애완용 완
구들에게 아양을 떨어보는 것이다.

펜션 피렌체

서울에 스콜이 쏟아진단다
세 시간 앞으로
먹구름이 다가왔다
모처럼 대부홍 본고장서
사랑 같은 거나 해봐야겠다
밤마다 외도로 매일을 치장하고,
전리품 같은 너와
세련된 미소로 밤새워야겠다

싼 티 나는
알량한 알전구와
영혼 쓰다듬는 바다 내음아,
질척거리는 파도들아,
이른 비, 늦은 비,
기다리는 목마른 흙들아,
폭우 속에서, 폭우 속에서
안경 닦이 잃어버리고,
문지르다 기스 난 세상으로
생은 길고 삶은 거칠기에
여긴 책갈피 하나만 끼워놓고 간다

잔소리가 그립다

가지를 벗어나려는 잎들
가까스로 쥐고 있는
가을 나무 보면,
목구멍이 간질거립니다

사느라 끙끙대는 딸 대신
두루미처럼 오붓이
포대기에 업어주셨죠
혼꾸멍나 울음 삼키면,
뚝! 하고 다그치시곤
상부 장에 숨겨둔 눈깔사탕,
오만상 찌푸리며 쪼개주셨어요
알록달록 황홀하진 않았지만,
시방도 외할머니 이마같이 넘치지 않는
자글자글한 정이 흐릅니다

요즘 캔디 단 한입에
오만 정 다 떨어지는
천국의 맛이라던디요
울 줄 모르는 한 잎이
홀린 듯 하늘 뒹굴면,

좁쌀 한 톨에도

흙담 허물어져라 고함치시던 외할머니,

잔소리가 그립습니다

흑백사진

끄덕임의 밤,

돌숲에 범람하는 사랑과 파스텔 꽃물에 몸담는 빛들은 내 추억 갤러리에 수집된 그리움들을 다시 끄집어내게 한다. 내 머릿속에서 인화되어 뛰쳐나온 것 같은 1억 개의 화소 속으로 연일 잠기어 가는 것은 퇴근 없는 설렘에 충전된 눈 때문이다.

이를테면 번화가 뒷골목, 전봇대 밑에 쭈그려 앉아 망각의 담배를 태우는 그의 만족스런 웃음 하며, 신축 모텔 대리석 무더기 속으로 신속히 사라져가는 그녀의 익숙한 수줍음 하며, 취한 연인들 눈가에 네온 빛 눈물 따위의 피사체들이 LCD 액정 같은 손바닥만 한 시야 속에서 곧 잊힐 꿈처럼 아늑해져 가는 것이다.

간판들이 햇빛에 바래지면, 초라한 눈 견딜 수 없어 울긋불긋한 형광 이파리들로 다시 거리를 연거푸 덧칠하고, 후회는 또 그렇게 거대하였으므로 물샐틈없는 빛에 잠겨 버둥거리는 남자와 여자들, 밤마다 부활하는 이 거리의 진지함이 내 어깨를 짓누르면, 나는 기어코 눈을 비빈다. 게슴츠레 눈을 뜬다.

추억에 잠겨간다.

까대기

새벽빛 기다리는
얼굴들, 손길들,
허울 좋은 내 팔이
으쌰으쌰 구호에 속죄받을 즈음,
날마다 쌓이는
삼천 개의 독촉들이
꿈처럼 희미한 아침,
이름 대신 남은
행복 배달부의 거친 손등

미안하다
팔짱 낀 위로 같은
알량한 시 한 편이라도 받아다오

오가는 행인들과 담배를 마시다

졸업 앞두고,
학원 빈 강의실에 쪼그려 앉아
썩은 잎 바람에 날리듯 바르르 떨며,
혼자 담배를 태웠다
그 맛이 처음부터 유별났기에
교복 안주머니에
담배 한 갑이 자리를 꿰찼다
쓴 것의 감미로움에 입맛 다시다,
들킨 여학생 총알 같은 탄성이
심장을 찔렀다

누굴 단속하는지 깡그리
네온 좋댓구알 클릭 당한 귀갓길,
학원가 혹은 술박촌엔
부뚜막 먼저 올라간 고양이처럼
만인의 연인이고픈 개안한 눈들이
뒤꿈치 꾸겨 신은 구두들이
허겁지겁 시간을 갉아먹었다
사이렌 같은 들썩임에
스리슬쩍 리듬 타기 시작하는
기둥서방 마냥 행세하던

주머니 속의 깔짝거림,
부르트면서 익혀가리라
용맹하게 하늘 찌른 빌딩 틈새로
술 타는 식도 같은 검붉은 맹세가
기껍게 신음하며 새어 나왔다

오늘 저녁엔
오가는 행인 속에서 담배를 마시며,
단속 나온 서방님들을 단속해야지

비둘기

아파트 숲 누비는 잿빛 날개가 힘차다. 소문난 동네 소문난 신동 비둘기. 누가 매새보다 약하다 허풍을 쳤는지… 오아시스 같은 나무에 까치 몇몇 눈에 띄고, 지지배배 종알거리던 참새들도 입을 다물었다. 어느 하늘 둘러봐도 남은 것은 그들뿐, 덤프트럭 크락션에 놀라지 않는 심장으로 콘크리트 속에 짚을 깔고 둥지를 틀었다.

비둘기는 서울 토박이, 떠날 곳 모르는…

아, 꽃동네 우거진 나뭇가지 사이로 다정한 이웃 같던 새여, 검은 구름 아래 평화를 전하며 분수처럼 흩어지던 새여, 나무보다 높은 곳에 발 딛고 사는 하늘의 패자霸者들이여…

알파고에게

라이벌이었지만,
빛나던 너의 눈씨 그립다

오늘도 체온 듬뿍 담아
마우스를 꼬옥 쥐어본다

바람은 가지마다
윈도우 영상처럼 숨 쉬는데,

너를 품에 안아도
가슴 뛰는 건 나뿐이다

너의 고백을 프로그래밍하며
위로받는 건 나뿐이다

각박한 세월 동안 너와 난
서로 돌 겨누고 살았지만,

만방萬放으로 깨진들
서로 어깨 토닥이지 않았느냐

벌컥 창 열고 귀 기울이고 싶다
저어기 손짓하는 나뭇가지 소리,

잎눈 감싸며 기르는 연풍軟風,

루아흐,
루아흐4)

---

4) 성령, 바람, 숨 등을 뜻하는 히브리어.

세계적인 퇴근길에 부쳐

Tag을 단 채 분리수거 된 구두는 거짓말처럼 딱 들어 맞았다. 신데렐라마냥 양발 톡톡 두드리다가, 삶이란 고개를 푹 수그려야 즐거운 것, 빗물 찰랑이는 액정에 코 박고, 신명 나는 한류 놀이판에 흠뻑 젖으면, 다행히 재투성이 인생은 보이지 않는다.

비 덕분에 공친 아저씨는 손바닥만 한 노선도가 어지럽다. 매일 풀칠하느라 바쁜 풀빵 아줌마, 트롯 한잔 꺾어 보는데, 마법이라도 부리고픈 학기 중 학비 버는 아들내미는 아바타에 올인 중. 눈 맞출 일 없는 모르는 오빠와 오늘 쓸어 담은 감정 소각 중인 딸래미, 앞에 앉으신 OO빌딩 할머닌 방도 혼자 치울까?

밤은 깊어가고, 객차는 만원이다

너의 눈빛이 그리운 날이었다. 사슬 같은 6량 전철 안에서 모두들 너를 끄고서 흥겨웠다. 핑계 없는 아픔들은 코트 깊숙이 꾸겨 넣고, 당연히 벌건 눈으로 겸손히 고개 숙인 시간이었다.

가족들 떠올리며, 가까스로 하차한 날이었다.

거지 행려

거지 사나이가
아무도 사랑할 수 없는 밤이 찾아오고,
위대한 도시의 빗방울 소리를 들으며

칭얼거리는
거지 사나이의 발자국 소리,
남은 사랑을 재는 소리

어디선가 창밖에서
새벽이 오는 소리

시, 여미다068

모자람을 아는 것들만 사랑하니까

초판 1쇄 인쇄	2025년 3월 14일
초판 1쇄 발행	2025년 3월 24일

지은이	김정주

펴낸이	이장우
책임편집	송세아
디자인	theambitious factory
편집 제작	안소라 김소은
관리	김한다 한주연
인쇄	KUMBI PNP

펴낸곳	도서출판 꿈공장플러스
출판등록	제 406-2017-000160호
주소	서울시 성북구 보국문로 16가길 43-20 꿈공장 1층

이메일	ceo@dreambooks.kr
홈페이지	www.dreambooks.kr
인스타그램	@dreambooks.ceo

전화번호	02-6012-2734
팩스	031-624-4527

ISBN	979-11-92134-90-1
정가	13,500원